BDSM Arkadaşlar

Tam Serisi

Erika Sanders

BDSM Arkadaşlar
Tam Serisi

Erica Sanders

Hakimiyet ve Erotik Boyun Eğme

Özet

Erika, en seksi baskın erkek arkadaşına ilişkisinde bir adım daha ileri gitmeyi teklif eder...

BDSM Arkadaşlar, güçlü erotik BDSM içeriğine sahip bir roman ve yine yüksek romantik ve erotik BDSM içeriğine sahip bir roman serisi olan **Hakimiyet ve Erotik Boyun Eğme'dan yeni bir roman.**

(Tüm karakterler 18 yaşında veya daha büyüktür)

Yazara not:

Erika Sanders, yirmiden fazla dile çevrilmiş ve alışılagelmiş nesirinden uzak, en erotik yazılarına kızlık soyadıyla imza atan uluslararası üne sahip bir yazardır.

dizin

BDSM ARKADAŞLAR
TAM SERİSİ
ERIKA SANDERS

BÖLÜM 1

Her gün gibi bir gün olmuştu.

Olmaması dışında. Bugün özeldi. Bugün, en iyi arkadaşım Richard'ın hukuk fakültesi finallerinden birini almak için New York City kampüsünde olacağı gündü. Tıpkı Hudson Nehri'nin benim tarafıma her gelişinde olduğu gibi, sonunda onunla akşam yemeği yemem için bana mesaj atardı. Testi bitirmesi için ona yarım saat kadar zaman verin ve daveti telefonumda görünsün.

Parmaklarımı uyluklarımda gezdirdim ve geri inmeden önce budanmış çalımın kenarına kadar yükselmelerine izin verdim. Kendimi ısıtmak için biraz alay. Geçen hafta kendime yaptığım onca alay ve alaydan sonra buna ihtiyacım yoktu. Amım neredeyse sürekli sızıyordu ve meme uçlarım yıllardır yumuşak olmamıştı. Yine de, bu gece ayrılmadan önce olabildiğince ısınmam gerekiyordu . Planım o kadar azgın olmaktı ki sonunda arkadaşlık alanından çıkmaya çalıştığımda şehvet reddedilme korkumu bastırdı.

Normalde bu kadar korkak biri değilimdir. Aslında kendime gerçekten güveniyorum ve dünyadaki diğer herkesin yanında küstahça çapkınım. Ama belki de bu sadece kayıtsızlık özgürlüğüdür. Beni kurtardıkları sürece herhangi bir hızlı kaçışın benim hakkımda ne düşündüğü umrumda değil. Richard... o farklı. Ondan bir an önce sikişmekten çok daha fazlasını istiyordum. Benim ona hissettiklerimi onun da benim için hissetmesini istiyordum. Ve bana pozitiflik ve saygı dışında hiçbir şey göstermemiş olsa da, aynı zamanda sadece arkadaş olmayı da asla aşmaya çalışmadı. Ve istediği gibi hareket edecek türden bir adam.

"Belki de bu yüzden bana karşı hiç hareket etmedi," diye düşündüm kendi kendime ahlaksızca yayılmış bedenime bakarak. 'Ben bir kızdan çok erkeğim. Dağınık biriyim ve toplum içinde kendimi kaşıyorum. Rahatım için giyinirim ve makyaj yapmaktan nefret ederim. Tüm boş zamanımı spor salonunda, video oyunları oynayarak veya porno oynayarak geçiriyorum. Bunlar erkekliğin tanımlayıcı özellikleri, değil mi? Oh evet, ve en iyi arkadaşım tarafından friendzonelandım . Kızların erkek arkadaşları tarafından arkadaşlık bölgesine gönderilmemesi gerekiyor, değil mi? Tam tersi olması gerektiğinden oldukça eminim.'

En özünde kadınsı kum saati vücudum yok. 5'11" boyunda, başarısız bir şekilde çıktığım erkeklerin çoğundan biraz daha uzundum. Hayat boyu sürecek bir basketbol sevgisi ve formda hissetmem, kaslarımı çoğu kadının elde etmesine izin verdiğinden biraz daha iyi tanımlamıştı. kişinin takım arkadaşlarını baştan çıkarması... ama Richard'ın yıllar boyunca çıktığı narin güzelliklerden çok uzak.

İşler kötü giderse, tam olarak güvenebileceğim temiz bir sosyal çevrem yoktu...

'Kes şunu! Bu kadar moral bozucu olmayı bırak.' İşte bu yüzden, sonunda bu olumsuz yanımı kapatmak için bu planı bulmuştum. Ellerimi göğüslerime götürdüm. Kendimi kadınsı hissetmiyorum, göğüslerim harika. C-cup kütleleri ellerimi hoş bir kadınsı ağırlıkla tamamen doldurdu. Elbette, boyutları bazen aktif yaşam tarzımın önüne geçiyordu, ancak bana verdikleri zevk bunu fazlasıyla telafi etti. Avuçlarımı göğüs uçlarımda hafifçe gezdirmek titrememe ve daha ağır nefes almama neden oldu. Okşamalarımı yumuşak ve alaycı tutmaya çalıştım ama çok geçmeden kendimi göğsümü öne doğru iterken ve göğüs uçlarımı dayanabildiğim kadar sert sıkarken buldum. Ana etkinlik için neredeyse zaman.

, temelde erkek olmamın nedenleri listesinde yer almalıydı . Tanıştığım pek çok kadın 226 gig değerinde porno indirmedi. Sonra tekrar, bu benim hatam değildi. Richard'ın tek yaptığı buydu ve bu, neden arkadaşlığımızın hiçbir zaman tipik platonik diyebileceğimiz türden olmadığını tam olarak gösteriyordu. Yedi yıl sonra bile, onunla tanışma anısı ve erken bağımız beni hala gülümsetiyordu. O kadar tipik bir Richard'dı ki... kendine güvenmeden kendinden emin, yıpratıcı olmadan sertti, manyetizması beni çok kolay cezbetmişti.

Lisede arkadaş edinme konusunda pek iyi değildim. Beni kabul edecek bir grup bulmak zordu. Oyuncu grubu, göğüsleri olan ve onlarla League of Legends oynamak isteyen biriyle nasıl başa çıkacağını bilmiyor gibiydi. Erkek sporcular, çoğundan benzer boyutta veya daha uzun olmama rağmen asla benimle veya bana karşı tam hızda oynamazlardı. Ve tabii ki, ana akım lise kadın kültürünün temel sürtüklerine uymak için ne gerekiyorsa yapmaktansa bir damar açmayı tercih ederdim .

Hiçbir şekilde yalnız bir kadın olduğumdan değil. Arkadaşlarım vardı ama kişisel bağlantılardan çok niş rol oyuncuları gibi hissettiler. Örneğin, Heather ve ben birbirimizin video oyunu kaşıntısını kaşıdık ama ikimiz de çok yakınlaşamayacak kadar içe dönük ve beceriksizdik. Kız basketbol takımındaydım , ancak kadın takım arkadaşlarımdan herhangi biriyle 1'e 1 antrenman yapma bahanesi olmadan bağ kurmakta zorlandım. Uzun lafın kısası, sadece bir parçamdan daha fazlası olduğum için asla gerçekten kabul edilmiş hissetmedim. Kendi şirketime çok alıştım ve pek çok insanı uzaklaştıran huysuz, alaycı bir kişilik geliştirdim.

Son sınıfta bir güne kadar, Richard rastgele bir şekilde, son teknoloji değişikliklerinin uzun süredir devam eden gelenekleri, organizasyonları veya endüstrileri nasıl etkilediğine dair bir sosyal bilgiler projesine ortak olarak atanana kadar .

Grup projelerinden nefret ettim. Herkes grup projelerinden nefret eder. Onlardan hoşlananlar, kaderinde bir yerlerde bir İK departmanında çalışmak olan ruhsuz dışa dönüklerdir. Elbette, bir grup projesinden daha kötü olan tek şey, popüler biriyle olan projedir. Özellikle popüler ve ateşli bir çocuk olduğunda. Etrafımda bulunduğum tüm popüler insanlar çileden çıkaracak kadar kendini beğenmiş ve küçümseyiciydi. Buna diğer tüm kızların kıskanç bakışlarını ekleyin ve cidden sinirlendim.

Ortaklarımızla görüşmemiz için dersin son birkaç dakikası bize verildi.

Richard cidden popülerdi. Neredeyse her grupta evinde olduğu için bir üne sahipti. Ve ayrıca çok ateşliydi. Lisenin gerektirdiğinden biraz daha iyi giyinmişti ve benden bir veya iki inç daha uzun duruyordu. Kısa siyah saçlarının çene hattını belirgin bir şekilde vurgulamak için yüzünü nasıl çizdiğini görünce şaşırarak odadan masama geçmesini izledim. Sanki seni sadece senin ve kendisinin bildiği bir şakaya katılmaya davet ediyormuş gibi gülümsemesi çok samimi ve sıcak görünüyordu.

"Neden bu kadar mutlu görünüyorsun?" Koltuğuma geldiğinde sordum. Dediğim gibi, dikenli kişilik.

"Böyle bir fırsatı bekliyordum! Bu proje mükemmel." Bunun gerçekten garip bir tavlama cümlesi olduğunu düşünerek sindim . Pantolonuma girmeye çalışan başka bir adam.

"Üzgünüm ama bundan daha iyisini yapmalısın."

" Hadi ama, bana porno hakkında bir okul projesi yapmak için mükemmel bir bahane aramadığını söyleme." Çift çekim yaptım. '... Tamam, bu yeni bir tane.'

"Em... ne?" Gülümsemesi biraz yaramaz oldu ama tamamen ciddi bir ses tonuyla devam etti.

"Porno onlarca yıldır formüle dayalıydı. Son bir para çekimine çok sayıda beklenmedik ve rahatsız pozisyonda çok az ön sevişme, oral seks ve hardcore penetrasyonun olduğu veya hiç olmadığı yerleşik bir senaryoyu takip etti. Günümüzde bu tür şeyler çok az izleniyor. Talep çok fazla özellikle kadın zevkine odaklanan amatörler için daha gerçekçi seks tasvirleri için şimdi daha yüksek. Eskiden insanlar her birinde jenerik sahneler olan DVD'ler satın alırdı. Şimdi, belirli sapıklıklara ayrılmış yüzlerce alt dizin var. Ne değişti? internet mi? Genişleyen izleyici kitlesi ve daha çeşitli bir izleyici kitlesi ile bağlantılı mı ? Bunun nedeni, rekabetçi bir niş bulmaya çalışan daha fazla tedarikçi olması mı? Orada bir makale için yeterli malzeme olmalı. Ne düşünüyorsunuz?"

Çenem neredeyse yerdeydi. Tamamen ciddiydi. Az önce yanıma geldi, kabalığıma gözünü bile kırpmadan porno hakkında entelektüel bir şekilde konuşmaya başladı ve söylemem gereken şeyle meşru bir şekilde ilgileniyor gibiydi. Adamın cesareti var. Buna saygı duymalıyım .'

"Bunu çok düşünmüşsün gibi geliyor," diye kekeledim.

"Bende," diye onayladı. "İnsanları neyin harekete geçirdiğiyle ilgileniyorum. Ve ergenlik çağındaki bir gencim, görünüşe göre çok az şey insanları seks kadar derinden harekete geçiriyor."

"Geveze biri." Sınıf boşalmıştı ve bir sonraki ders geliyordu. Aceleyle kitaplarımı çantama topladım. "Eh, belki aynı şey değildir, ama bahse girerim porno yüzünden daha çok iki elini de kullanabilen insanlar olacaktır."

"Gerçekten mi? Neden öyle?"

"Pekala, fareyi çalıştırmak için bir elin ve otuzbir çekmek için bir elin olmalı." Entelektüel üslubuna uymaya çalıştım ama tam olarak beceremedim ve sonunda güldüm. Beni şaşırttı, bunu söylemek niyetinde değildim. Sınıfa gidip aceleyle uzaklaşmam gerektiğine dair bir şeyler mırıldanmayı planlıyordum. Ve başka bir sürpriz, o da tuhaf değildi ve benimle gülüyordu.

"Belki de haklısın! Belki bunu sonucun 'ileriye bakıyorum' bölümüne sığdırabiliriz. Dinle, tetiklemem lazım ama bu gece sana mesaj atacağım." Ve geldiği gibi aniden gitmişti.

Richard ve ben böyle bağ kurmaya başladık—porno üzerinden. Dediğim gibi normal bir platonik arkadaşlık değil. Elbette hepsi projemiz için eğitim araştırması adına.

Tamam, belki de bu arada 100 tane aldığımız o proje bittikten sonra devam ettik. Bana sıcak bir şeyin bağlantısını gönderirdi ve ben daha sıcak bir şey bulmaya çalışırdım, ileri geri saatlerce diğerini geçmeye çalışırdım. Birbirimizi neyin harekete geçirdiğini gerçekten anlamamız uzun sürmedi.

Richard baskındı. Kadınlarını kontrol etmekten ve onlara itaat ettirmekten kurtuldu. Bunu biliyorum çünkü bana en başında söylemişti. Neyin peşinde olduğunu sordum ve bana kelimenin tam anlamıyla şöyle dedi: "Ben baskın biriyim. Kontrolün elimde olduğunu ve benim kontrolümü kabul eden biriyle birlikte olduğumu hissederek uyanıyorum ." Tamam, belki biraz farklı ifade etti... ama yine de. Bunu o kadar gerçekçi bir şekilde söyledi ki, sanki dünyadaki en doğal şeymiş gibi.

O zamanlar, en ufak bir kadın sapıklığım yoktu. Yine de Richard'ın zevki bana tuhaf gelmedi. Olması gerektiğini hissettim, sonuçta bana oldukça sadistçe bir şeyler gösterdi , ama gerçekten göstermedi. Onu yargılamıyordum çünkü hayatımda ilk kez birinin beni gerçekten kabul ettiğini hissettim. Richard, inek olmak ve Mistborn'u hayal etmek isteyen tarafımı kucakladı . Aşırı rekabetçi olmak ve basketbol sahasında ve Summoner's Rift'te düşmanları yok etmek isteyen tarafımı cesaretlendirdi. Bazen yalnız kalmak isteyen tarafımı anladı. Bana sorular sordu ve bana dürüstçe cevap verebileceğimi hissettirdi - gerçekten benim tam anlamıyla dürüstlüğümü istediğini. İçimdeki sürtüğe dışarı çıkması ve yargılanmaması veya tehdit altında hissetmemesi için güvenli bir sığınak verdi. Ve belki de en önemlisi, bazen tam bir sürtük olmamın ondan gerçekten nefret ettiğim anlamına gelmediğini anlamıştı .

Yavaş yavaş, benim için neredeyse algılanamaz bir şekilde, BDSM tarafından tahrik edilmeye başladım. Onu tahrik edecek yeni materyaller bulmaya çalışırken kendimi daha çok araştırırken buldum. O da bana düzenli bir tuhaflık diyeti verdi. Bana hitap etmek için özel olarak hazırlanmış bir diyet. Örneğin, kendimi biseksüel olarak tanımlıyorum ama gerçekten sadece belirli bir kadın türü için ıslanıyorum. Çok güçlü ve beni hayrete düşüren biri. Tarif etmesi biraz zor ama gördüğümde anlarım, o da öyle. Bana Queensnake'i gösterdiğinde aşık oldum . O ve tüm modelleri, fiziksel dayanıklılık, zihinsel disiplin ve duygusal gücün lanet olası tanrıçalarıdır. Gözlerim ekrandan birkaç santim ötede, onun vuruş üstüne felç geçirmesini ve her seferinde yeniden ayağa kalkmayı başarmasını izliyordum. Hayatımda daha önce hiç bu kadar ıslandığımı hatırlamıyorum . Ona çok hayrandım ve o kadar güçlü olmak istiyordum.

aramızda hiçbir zaman gerçekten cinsellik olmadı . Mastürbasyon yapmaktan, modelleri becermek istemekten, inmekten falan hiç bahsetmedik. "Bu çok havalı" derdik ya da onun hakkında neyi sevdiğimiz ya da sevmediğimiz hakkında konuşurduk ama kesinlikle cinsellik içermeyen bir şekilde. İlk başta harikaydı çünkü her şeyi benim için güvenli gösteriyordu. Sadece pantolonuma girmeye çalışmayan birine tabu bir yanımı ifade edebildim.

Ama sonra Richard'ın pantolonuna girmek istediğimi fark ettim. Sonra o kadar harika olmayı bıraktı. O zamana kadar mezun olmuştuk ve üç eyalet arayla farklı kolejlere gidiyorduk. İlişkimiz gelişti. Birbirimizi yalnızca çevrimiçi olarak veya eve ziyaret ettiğimiz tatillerde görürdük. Dinamiğimizin pornografik kısmı, ikimiz de çıkmaya başladığımızda önemli ölçüde yavaşladı ve sonunda durdu. Çıktı. Herhangi bir partide kendimi en ateşli vücudun üzerine attım.

Yine de, hayatımın son derece biçimlendirici bir parçasıydı ve tüm eski anlık mesajlaşma konuşmalarımız harici sabit diskime kaydedilmişti. Dizüstü bilgisayarıma yüklerken, yıllarca süren bağlantılar, indirmeler ve erotik şeyler gözlerimin önünden geçti. Pek çok keyifli gece boyunca, hepsini İkonik Sohbetler, Tanrıçalar, Boyun Eğdirici Fanteziler, Romantik Gay, Arkadaşlardan Aşıklara (özellikle suçlu bir zevkim) ve daha onlarcası için klasörlere ayırdım. Bazen rastgele bir şey istiyorum, bazen belirli bir şey. O gün işte, en sevdiğim video hakkında hayal kurarak utanç verici bir zaman harcadım.

'Amatör erkek arkadaşına sakso çekiyor (#14)' şarkısını tıkladığımda parmaklarımı amıma daldırdım. Tutkusu ve heyecanı, ağzıyla horozuna taparken onu sıcak ateş haline getirdi. Gözleri sevgilisinin yüzüyle onun siki arasında gidip gelirken, yüzü heyecan, neşe, odaklanma, zevk ve aşk gibi yarışan duyguların bir kolajıydı. Sanki onu emerken göz kontağı kurması gerektiğini biliyordu ama aletine bakmaktan kendini alamadı. Ve çok güzel bir horozdu! Düşün ve düzgünce, amımı harika bir şekilde dolduracakmış gibi görünüyordu.

Klitorisimi parmakladığımda ve ağzındaki penis tarafından doldurulduğumu hayal ettiğimde parmaklarımı kendi içimde kıvırdım, g noktamı ovuşturdum. Kalbim sallanan kafasıyla aynı zamanda yarıştı, her atış içimden arzu darbeleri gönderiyor, kedimin şehvetle çarpmasına neden oluyordu. Kaslarım gerildi ve istemsiz sesler ağzımdan kaçtı. Bu tam olarak Richard'a vermek istediğim türden baştan savma bir oral seksti! Onun zonklayan sert sikini ağzımda hissediyorum... elleri başımın üzerinde ritmime rehberlik ediyor... Karşıda oynamaktan zevk alıyor, sert karın kaslarının esnediğini hissediyorum, bacakları onu emer gibi iki yanımda titriyor.. Sesimi erkekliğinde hissedebildiğini hayal ederek içimde dolaşan zevkle inledim. Amım bir ateş gibi ısı yaydı, görünüşe göre benden dökülen tüm ıslak sıvılara karşı bağışıktı.

Başka bir şey. Başka bir video. Bununla sonuna kadar devam edersem, yükünü yuttuktan sonra saf tatmin bakışını görmek için saniyeler içinde boşalırdım ve kendimi tutmam gerekiyordu. Tease and inkar , Richard'ın en sevdiği oyunlardan biridir ve bunda takip ettiğim bazı blog yazarları kadar iyi değilim, ancak beni uçurumdan aşağı atmaktan alıkoyan çok şey vardı. Memnuniyet rasyoneldir. Rasyonel ben gerginleşir ve riske girmekten korkar. Rasyonel ben yıllarca Richard'a olan çekiciliğini itiraf etmekten geri durmuştu ve bu gece dışarı çıkmaya hakkı yoktu!

Mastürbasyon hazcılığına o kadar kapılmıştım ki bir süre yeni metin uyarısını görmedim.

Richard: Hey, bu gece senin mahallendeyim. Benimle akşam yemeği yemek ister misin?

"Metinlerde doğru noktalama işaretleri kullanan dünyadaki tek kişi o olmalı" diye düşündüm. Kısa mesaj geçmişimiz, ondan mükemmel bir şekilde düzeltilmiş uzun bir İngilizce dizisiydi, zıt metin stenografi ve benden emojiler. Bu oydu! Her şey plana göre! Tamam, düşünme, bırak hormonların senin için konuşsun.

erika: evet kulağa hoş geliyor

Erika : Konuşmak istediğim bir şey var .

söylememe izin verme Hiçbir şey

'Başarı!' Pişmanlıkla tüketilmiş hissetmeyi ve onu geri almak istemeyi bekliyordum ama yapmadım. Biraz gergin ama heyecanlı. Klitoritim, zevkinin nereye kaybolduğu konusunda kafası karışmış halde, hüsranla zonkluyordu. Gülümsedim ve onu bir köpek yavrusu gibi nazikçe okşadım. "Endişelenme, yakında gerçek bir aksiyon yaşayacaksın... Umarım." Damarlarında bu kadar çok şehvet dolaşırken fazla endişeli hissetmenin zor olduğunu sanıyordum.

Gerçek anlamda, kaybedecek neyim vardı? Richard yedi uzun yıldır benim en iyi arkadaşımdı ama ilişkimiz çoğu için istediğim gibi olmamıştı. Partnerlerimden hiçbiriyle gerçekten tatmin olmuş hissetmemiştim ve neredeyse tüm kız arkadaşlarını öldüresiye kıskanıyordum . Ayrıca, rasyonel olarak konuşursak, bu mükemmel bir zamandı. İkimiz de bekardık ve çalışan iki yetişkinin makul bir şekilde umabileceği kadar birbirimize yakın yaşıyorduk.

Tamam, belki de ayaklarımı sürüdüğüm birkaç aydır 'mükemmel zaman' olmuştu... ama bu konunun dışındaydı!

Son kız arkadaşıyla bir şeyler olmuştu. İki yılı aşkın bir süredir birlikteydiler ama ayrılıkları kötüydü. Romantik partnerleri hakkında hiç konuşmadık, muhtemelen ilk birkaç kez ortaya çıktıklarında şirret olduğum için. Her ne ise, o kadar kötüydü ki, şimdi doğal sapık baskın tarafını bastırmaya çalışıyordu ve bir dizi Tinder bağlantısında vanilya tatmini arıyordu. Kendine daha az benziyordu... kendine daha az güveniyordu ve her zaman biraz yorgundu.

Kendi karşılıksız çekimimden daha fazlası, ona yardım etmek istedim. Onu tamamen kucaklayan ve benim için yaptığı gibi gerçek benliği olmasına izin veren kişi olmak istedim. Onu kendinden uzaklaştırmak için birçok girişimden sonra, sonunda bunu yapmanın tek yolunun ona yeni bir itaatkâr vermek olduğunu anlamıştım. Ve o ben olacaktım.

Pekala, pekala, bu konuda biraz gergindim. Richard doğal olarak çok baskındı ama ben doğuştan itaatkâr değildim. Onun için bir tane olmak istedim ama ne kadar iyi performans gösterebileceğimi bilmiyordum. "Her şey yoluna girecek," dedim kendi kendime yüzüncü kez, "önce onu gemiye al, sonra tuhaf şeylerle ilgilen sonra."

Richard: Pekala, şimdi dikkatimi çektin. Bir saat içinde evine uğrayacağım. Kendinizi İtalyan gibi hissediyor musunuz?

'Bir saat!?!' Aynanın önünde hiç asırlar geçirmemiştim ama cidden duşa ihtiyacım vardı. Saçlarımdan, meme uçlarımdan ve bacaklarımın arasından akan sıcak su... mmm... İçimden bir ses düzgün bir şekilde temizlenmem için biraz zamana ihtiyacım olduğunu söylüyordu.

BÖLÜM 2

Kravat, mükemmel şekilde buruşuk pantolon ve kol düğmeleri ile tamamlanmış bir takım elbise içinde geldi. Bütün bunlar sadece bir final yapmak için. Tipik. Bir kot pantolona sahip olup olmadığı benim için net değil. 85 derecelik bir yaz akşamı ve etkilemek için giyinmiş ve hala çileden çıkaracak kadar temiz, havalı ve rahat görünüyor. Görünüşe göre ter, diğer insanların başına gelen türden bir şeydi. Ben ise günlük kot pantolon ve atlet ile gitmiştim. Göğsümü harika bir şekilde gösteren oldukça düşük kesim bir atlet. Kendime küçük bir göz kalemi sürmüştüm ki bu benim için düpedüz süslü, ama yine de oldukça uyumsuz görünen bir çifttik.

Bizim için tamamen tipikti. Ben topuklu ayakkabıyla yürümeye kalksam muhtemelen bacaklarımı kırarken, o neredeyse moda konusunda kendini iflas ettiriyordu. Onunla bu konuda alay etsem de, bunun onu çok iyi gösterdiğini kabul etmem gerekiyordu. Keskin kesimli kıyafetlerin yanlarını sarması ve atletik vücudunu göstermesi... ve o pantolonun kıçını tam olarak sarması...

Brooklyn'de, Richard'ın evinin yakınında yemek yenebilecek binlerce harika yer var . Öte yandan New York City... o kadar da değil. Manhattan'ın yanlış tarafında yaşamanın pek çok avantajı var. Örneğin, kirayı karşılayabilmek ve evinizden mobbinge uğramadan çıkabilmek gibi. En büyüğü manzara. New York City'den Manhattan şehir merkezinin manzaraları, dünyadaki en iyi şehir manzaralarıdır. Richard'la su kenarında bir İtalyan restoranına yerleştiğimizde buna çok sevindim çünkü kendimi toparlamaya çalışırken dikkatini benden uzaklaştırdı.

"Sadece nefes al," dedim kendi kendime, "Ben Richard, onunla her gün internette konuşuyorsun." Ama göğüs dekolteme bir kez bile bakmamıştı. Ayakkabımı bağlarken kıçımı bile görmemiştim . Bana güven vermedi.

Suyun üzerinden Battery Park ve Wall Street'e bakarak, "İnanılmaz," dedi, "Kaç kez görürsem göreyim dikkatimi çekiyor."

"Evet."

Hoş bir esinti üstümüzden suları uçurarak yazın en kötü sıcağını uzaklaştırdı. Richard'ın saçlarının arasından çok göz alıcı bir şekilde dalgalandı. Vücudumdan sıcaklıkla hiçbir ilgisi olmayan bir sıcaklık yükseldi. Takım elbise içinde o kadar seksiydi ki... Masamızın karşısındaki yolun karşısında, turistler nehir kenarındaki patikayı doldurmuştu. Selfie çubuğu olan bir grup diğer herkesin önüne çıkıyordu ve bazı bisikletçiler boş yere emeklemeden daha hızlı hareket etmeye çalıştılar. Dikkatsiz bir çocuk çubuk krakerini martıya kaptırdığında ikimiz de güldük.

"Burada meraktan ölüyorum biliyorsun."

Dikkatinin bana kaydığını fark ederek yerimden sıçradım. Ona söyleme zamanı. Ama birdenbire, kendimi korumaya çalıştığım uyarılma sisi yok oldu. Midemde kelebekler uçuştu ve kızardığımı hissettim. Bu Richard! Ona her şeyi anlat! O dünyada başka biri olsaydı, onunla çoktan flört ediyor olurdun. Sikiş aşkına! Sen yetişkin bir kadınsın, kendine çekidüzen ver.'

"Ne?" dışarı çıkmayı başardığım tek şey buydu. " Kahretsin !"

"Hmm... Bakalım tahmin edebilecek miyim. ARA projesini iş yerinde bitirmedin, bunu gizemli olmadan hemen kutlayacaktın. Aynısı Tyler'ın sonunda kovulması için de geçerli. zam yap yoksa menüdeki en pahalı şarabı alırdın.Sondaki bu kısım beni gerçekten meraklandırdı ."Önemsiz demene izin verme." Bununla ne demek istiyorsun?"

böyle bir şey beklemiştim ve bununla nasıl başa çıkacağımı bulmak için saatler harcadım. Konuyu nazikçe yumuşatmanın bir sürü çeşidini denedim. Hepsinden nefret ettim. İncelik pek bana göre değil. İç çektim, dişlerimi sıktım ve patladım:

"Ben senin kız arkadaşın olmak istiyorum." Richard'ın yüzünde çok sık şaşkınlık göremiyorum. Tipik rollerimizi bu şekilde değiştirmek iyi hissettirdi. Bir kereliğine dengesiz olan o olsun. Ben söylemiştim! Sonunda söylemiştim! "Tanrım, bunu yıllardır söylemek istiyordum! Ama sen hep biriyle çıkıyordun ya da ben çok korkaktım ya da kendi başına bana bir hamle yapacağını umuyordum." Tepkisini ölçmeye çalıştım ama yapamadım. Ciddi, poker suratı asılmıştı ve bu beni huzursuz ediyordu. "Ve... Sanırım beklemekten yoruldum. Ve tüm o Tinder takılmalarıyla perişan olduğunu biliyorum. Chloe'yle ayrıldığından beri olmadığın biri olmaya çalışıyorsun. Seni istiyorum. benimle tamamen kendin olmak için. Yani evet, işte burada... lütfen bir şeyler söyle."

Yüzündeki korku muydu? Hayır... endişe? Midemde bir çukur açıldı ve beni içine çekmekle tehdit etti. Ama hayır, orada daha fazlası vardı. Arzu? Özlem mi? Kendime sadece görmek istediğim duyguları mı gösteriyordum? 'Lütfen bir şey söyle!' İçimden 'lütfen!' diye yalvardım.

Sonunda yaptı. "Vay canına, bu kabul edilecek çok şey var." Örtünün bir kısmı kalktı ve çekingen bir gülümseme sundu. "Rahatlayabilirsin. Seni gerçekten istiyorum. Çok."

"Siz yapıyorsunuz?" "AHHHHH!"

"Evet ve seni istenmeyen biri gibi hissettirdiysem özür dilerim.

Sözleri ve ifadesi uyuşmuyordu. "Heyecanlı görünmüyorsun."

İçini çekti. "Benim olmadığım biri olmamla ilgili söylediklerini düşünüyorum. Sanırım haklısın, ama senin bakış açından duymak isterim. Bunu sana söyleten ne?"

"Kendini küçümsüyorsun. Benim çevremde pek değil ama genel olarak. Kendinden pek emin görünmüyorsun ve bu küçük gecikmeler oluyor. Bastırdığın veya bastırdığın şeylere karşı normal bir tepkin var gibi. yeniden düşünmek falan. Bunu siz ayrıldıktan biraz sonra fark ettim ve sanki daha iyiye gitmiyormuşsunuz gibi geldi. " Sonraki kısmı kabullenmek zordu ama şunun söylenmesi gerekiyordu: "Bak, kız arkadaşların hakkında tam bir kıskanç kaltak olduğumu biliyorum ve seni ve Chloe'yi hiç sormadığım için üzgünüm, ama biliyorum ki o senin kız arkadaşındı. ilk gerçekten ciddi uzun vadeli D/s ilişkisi. Onunla işler kötü bitti ve sen kendi baskın yanını kapatmaya çalışıyorsun. Ama yapamıyorsun. Bu sadece sensin ve senin bir parçan, mutlusun."

"Ve insanlara karşı anlayışlı olmadığını söylüyorsun..." diye mırıldandı kendi kendine. Sonra daha yüksek sesle, "Demek beni tekrar bir araya getirmek için benimle çıkmak istiyorsun?"

Anlamlı bir şekilde ona yukarı ve aşağı baktım, gözlerimin dudaklarında, formda vücudunda ve doğrudan kasıklarında oyalanmasına izin verdim. "Pekala... sadece bu sebep değil." Onunla flört etmeyi hiç dememiştim ve bu iyi hissettirmişti. Sohbeti olumsuz alanlardan uzaklaştırıp daha çok ikimize odaklanmak istedim ama işe yaramadı.

"Ya güç alışverişini arkamda bırakmaya çalışmam için iyi bir neden varsa? Ya Chloe'yi ciddi şekilde incitirsem ve sevgilimin acısıyla tahrik olmanın biraz boktan bir şey olduğuna karar verirsem?"

"Aman Tanrım, içi ne kadar acıyor?" Kıskançlığımın destekleyici olmamı engellediğini fark ettiğimde kendimi çok kötü hissettim. Ona sarılmak istedim ama ona ulaşmanın yolunun bu olmadığını biliyordum. Rasyonelliğe en iyi şekilde cevap verdi. " Taciz ettiğini ima ediyorsun ve bunun doğru olduğundan şüpheliyim. Tanıdığım en empatik insanlardan birisin. Bu konuda yanılıyor muyum?"

tereddütle , " böyle tacizde bulunma .

"Richard," diye sözünü kestim, "yirmi beş yaşındayız. Genciz! Bazen pişman olacağımız şeyler yaparız." Masanın diğer tarafından elini tuttum ve vurgulamak için sıktım. "Kendini sonsuza kadar cezalandıramazsın. Mutlu olmayı hak ediyorsun." Eli benimkinde sert ve güçlüydü. Beklediğimden daha fazla tutmaktan zevk aldım.

İkimiz de birleşik ellerimize baktık. O da beğenmişe benziyordu. Ama yine de ikna olmamıştı. yaklaştığımı hissettim...

Onu biraz daha sıktım, "Bak, şu an mutlu değilsin. Bunu inkar etme, ikimiz de bunun doğru olduğunu biliyoruz. Nedenler bir yana, vanilya yaşam tarzına hak ettiği şansın fazlasını verdin ve deney başarısız oldu. Belki mecazi bisiklete geri dönmeyi denemenin zamanı geldi mi ? Daha yaşlı ve daha akıllı, yaknow ?" O bunları düşünürken nefesimi tuttum. Saniyeler geçti ama ben başka ne diyeceğimi bilemedim.

Yavaş yavaş gülümsedi. Onunla ilgili bir şeyler, neredeyse fark edilmeden değişti. Görüş alanımda biraz daha büyük ve biraz daha az gergin görünüyordu. Bitmediğini söyleyebilirim. Yaralarını iyileştirmek için daha yapacak çok işim olacaktı ama bana bir şans vermeye istekli görünüyordu.

"Haklısın, mutlu olmadım. İtiraf ediyorum, özledim." Bana arzuyla aç bir kurt gibi baktı, "Belki bencilceyim ama beni buna ikna etmeni istiyormuşum gibi hissediyorum. Belki de özellikle sen olduğun için..." Gözlerindeki bariz şehvet beni kesinlikle heyecanlandırdı. Özellikle ben olduğum için mi? O da benim hakkımda hayal kurmuş olabilir miydi? Nefesim hızlandı ve kendi arzum yeniden alevlendi. Gerçek gibi gelmeye başladı. Onu alacaktım ! Sahiplenircesine elini daha sıkı kavradım. 'Bana ait!'

"Ama yine de," diye devam etti Richard, "kendini neyin içine soktuğunu anladığından emin olmak istiyorum. Kız arkadaşım olmakla boyun eğicim olmak arasında büyük bir fark var."

"Sorun değil, ben-" Gözleriyle beni susturdu. Bugüne kadar, bunu nasıl yaptığı hakkında hiçbir fikrim yok. İçlerinde fiziksel olarak hiçbir şey değişmiyor ama bir şekilde her seferinde işe yarıyor. Hakimiyetinin bana yöneldiğini ilk kez gerçekten hissetmiştim. Bunu daha önce hissetmiştim, sürekli farklı tonlarda sergilendiğini görmüştüm ama o beni hiç bu kadar etkilememişti. Hemen etkisi oldu. Sözcükler ağzımda öldü ve ben ürperdim. Bacaklarımı birbirine bastırdım, içimdeki sıcaklığın yoğunlaştığını hissettim.

"Bu önemli. Eğer gerçekten tam ve dizginsiz benliğim olmamı istiyorsan, o zaman haftada birkaç kez müstehcen bir seksten bahsetmiyoruz. Kendini bana vermenden bahsediyoruz. Fiziksel, zihinsel olarak. ve duygusal olarak, seni sen yapan her şeye sahip olmayı hedefleyeceğim Erika. Bu, yetişkin hayatımız boyunca sahip olduğumuz arkadaşlıktan çok farklı olurdu. İstediğinin bu olduğundan emin misin?

Ciddi tonunu hiç çekinmeden karşıladım. "Evet. Denemek istiyorum. Bir öğrenme eğrisi olacak ama bunu istiyorum."

"Bildiğini biliyorum. Kararlısın ve sonuna kadar gitmeye kararlısın. O inatçı yönünle oynamak oldukça eğlenceli olacak." Bana tüm ilişkimizde olduğundan çok daha açık bir şekilde cinsel olarak bakıyordu . Bana kasten dikkatini göğüslerime, dudaklarıma, boynuma gösteriyordu. Dikkatinden zevk alarak bacaklarımı daha çok sıktım . Dekolteme açıkça baktığında, meme uçlarım sanki onun da tanınmasını istiyormuş gibi sertleşti.

"Yine de," diye devam etti Richard, "aramızdaki şeyleri değiştirmeden önce size mümkün olduğunca anlayış göstermek için elimden gelenin en iyisini yapmazsam kendimi iyi hissetmeyeceğim. Ama bundan bahsetmek benim için zor çünkü denizaltı olaylarını hiç yaşamadım. taraf." Düşündü, sonra telefonunu çıkardı ve rehberinde gezindi. "Oldukça yakın oturan bir arkadaşım var, bize katılmaya davet etmek istiyorum. Boyun eğmeden önce birinin ona söylemesini dilediği her şeyi size anlatabilir."

Geri itmeyi düşündüm. Ne istediğimden zaten emindim. Tek yapmak istediğim akşam yemeğini bir an önce bitirmek, eve koşarak onu takım elbisesinden çıkarmaktı. Ama doğru olduğunu düşündüğü şeyi yapmaya çalışıyordu ve bunu yaptığını bilmek kendini daha iyi hissedecekti. Bu yüzden biraz daha beklemeye razı oldum. "Eğer senin için gerçekten önemliyse, tamam."

"Bunu bilgilendirilmiş rıza olarak düşün. Ayrıca ondan hoşlanacaksın. Tam olarak senin tipin." Durakladı, düşündü ve devam etmeden önce, "ve muhtemelen önce bilmen gereken bazı arka plan bilgileri var."

'Biraz' tam olarak kapsamadı. Richard'ın beni kız arkadaş kıskançlığından korurken bana hiç söylemediği tonlarca şey olduğu ortaya çıktı. O ve Chloe, Fetlife'ta benzer düşünen çiftlerle tanışmıştı ve birkaç haftada bir bir araya geliyorlardı. Ayrıntılar konusunda cimriydi, ancak toplantıları tamamen tek eşli olmayan bir şekilde çok cinselmiş gibi geldi. Aralarındaki açık dinamiği, bunların birbirlerini nasıl etkinleştirip desteklediklerini ve anlayan insanların etrafında açıkça müstehcen olmanın ne kadar güzel olduğunu anlatırken yüz hatlarında hüzünlü bir bakış oynadı. Görünüşe göre, ayrıldığından beri onlardan uzaklaşmıştı. Arkadaşı Cathy, metresiyle birlikte o grubun bir parçasıydı ve metresi kısa bir yürüyüş mesafesinde yaşıyordu. Küçük dünya.

BÖLÜM 3

Biz hesabı öderken Cathy masamıza geldi. "Göründü" diyorum çünkü gerçekten birdenbire ortaya çıkmış gibi görünüyordu. Bir saniye Richard bahşiş matematiği yapıyordu ve sonra ona sarılan küçük, solgun bir kadın vardı. Richard'ın iletişimde kalmakta berbat olduğu ve gecenin bir yarısı onu yeniden bir araya getirmek için bir pislik olduğu suçlamalarından birbirlerini bir süredir görmediklerini anladım.

Tıpkı Richard'ın dediği gibi, onun görünüşünü beğendim. Ufak tefekti, benden bir baş daha kısaydı ama sert görünen elleri ve bir yürüyüşçünün bacaklarıyla atletik yapılıydı. Üzerinde yerel bir bar baskısı olan bir tişört ve şort olması için dizleri yırtık bir kot pantolon giymişti. Göğüsleri harika, sıkı ve eğlenceli olacak kadar dolgun ama koşarken onu rahatsız etmeyecek kadar da küçük görünüyordu. Kısa kesilmiş kızıl saçları yüzünü çerçeveliyordu, bir kulağındaki orbital ve sarmal piercingleri göstermek için bir tarafa açılıydı. Onu içeri alırken aynı anda bana bakmaya odaklanmıştı . Gerçekten benim tipim. Daha dik oturdum ve göğsümü dışarı çıkarıyormuş gibi yaptım.

Gördüklerini beğendi. "Tatlı arkadaşın kim?" Diye sordu. Adımı duyduğunda Cathy nefesini tuttu, "Sürekli bahsettiği kişi sensin! Sonunda seninle tanışmak harika, bu salağın sonunda kendini aşıp seni bizim dünyamıza getirmesine gerçekten çok sevindim."

"Hep benim hakkımda mı konuşuyor?" Bunu sonraya sakladım.

"Aslında," diye belirttim, "o hiçbir şey yapmadı. Ona çıkma teklif ettim ve hâlâ bu konuda ayak sürüyor."

Cathy, Richard'a inanamayan bir bakış attı. "Bir kız sana çıkma teklif etti mi?"

Güldü, "Birinin beni çekici bulabileceğine inanmak gerçekten bu kadar zor mu?"

"İnsiyatif almak için başka birine ihtiyaç duyacağına inanmak zor."

Richard'ın kahkahalarına katıldım, mücadelemi başka birinin takdir etmesi beni mutlu etti. "Benimle de alay etme!" şaka yollu ellerini kaldırdı. "Her neyse, fazla dalmadan önce onlara masalarını geri versek iyi olur. İkiniz de dondurmayla ilgileniyor musunuz? Yakınlarda güzel bir yer var."

Evimin yakınındaki bir parkta soğuk şeker kremalı harikalığı yerken sona erdik . Cathy'yi daha da hızlandırdık ve ondan hoşlandığımı fark ettim. Kabarcıklı sıcaklığı saygısız bir doğrudanlıkla birleştirme şekli, onunla bağlantı kurmayı çok kolaylaştırdı. Kendi deyimiyle 'dünyamız' hakkında paylaşacak çok şeyi vardı.

Gözlemlerinden bazıları daha küçük, eğlenceli anekdotlardı. Örneğin, analojilerinde kendini manşetlerle ekinleri karıştırırken bulması ve çalışırken kendini izleme ihtiyacı duyması gibi. Ya da bir esaret sahnesini durdurmak zorunda kalmasının en sık nedeninin tuvaleti kullanmak olduğunu.

Diğerleri daha büyük ve daha soyuttu. Cathy'nin hayatındaki her şey süper güçlüydü. Yüksekler daha yüksek, alçaklar daha düşüktü ve nadiren tarafsız hissediyordu. Metresi orgazm kontrolü içindeydi, bu yüzden Cathy sürekli azgındı. Sabahları giyinmekten Starbucks siparişi vermeye, bir yabancıyla buluşup onları refleks olarak kontrol etmeye kadar yaptığı her şey bir şekilde cinsel hissettiriyordu. Bazen, açık güneşli bir günde derin bir nefes almak kadar basit bir şey , tamamen büyük harflerle inanılmaz derecede CANLI hissetmesine neden olabiliyordu . Beni korkutup uzaklaştırmak ya da Richard'ın beklediği şey bir yana, daha çok ilgimi çekti. O bölümdeki kendi deneylerim bana onun ne söylemeye çalıştığına dair bir fikir verdi ve günlük hayatıma biraz baharat katma fikri hoşuma gitti. Metresini alay etmek ve inkar etmek için tanıttığı için "Büyücü" dediği Richard'ı suçladı.

Yüzündeki ifade, "Neden 'Büyücü'sün?" diye sormama neden oldu.

Beni görmezden geldi ve Cathy'ye kaşlarını çattı, "Umarım o lanet takma adı unutmuşsundur. Neden ona seninkinden bahsetmiyorsun, Ateşböceği?" Nedense, utanmadan paylaştığı tüm kişisel cinsel şeylere rağmen, bu Cathy'nin yanaklarının kızarmasına neden oldu.

"Onunki kolay, saçları gerçekten ateşli," diye işaret ettim.

Cathy hemen, "Evet, Firefly, çünkü ben bir kızılım," dedi. "Her neyse, Wiz'e dönelim..."

"Cathy." Richard, sözlerini bir bıçak gibi pürüzsüz bir şekilde kesti. Ne daha yüksek ne de daha yumuşak, ama beni ürperten ve Cathy'yi iş yerinde telefonuyla konuşurken yakalanmış gibi yerinden zıplatan kesin bir otoriteyle.

"İyi!" "Küçük grubumuzda takma adımı aldım çünkü Bayan Sam bana şaplak attığında soluk beyaz kıçım ateş böceği gibi parlıyor." Hepimiz güldük. Yine de merak etmemi sağladı. Takma ad üzerinde yer alacak kadar insan bu fenomeni görmüş müydü ?

"Şaplak yediğini kaç kişi gördü?"

"Buluşma grubundaki herkes ve birkaç arkadaşımız daha." Daha da kızardı, ışığını çok sevimli bir şekilde yaktı. "Bu, bir kalabalığın başına gelen en ağır bok değil."

"Bu grupta olan en ağır bok nedir?" Merak ettim ama bu soruyu başka bir zamana ertelemeye karar verdim. Richard yönünü değiştirmişti ve ben de dikkatini yeniden kendi üzerinden uzaklaştırmasına izin veremezdim.

"Şimdi sana dönüyorum. Neden Sihirbazsın?"

"Büyü yapabildiğinden..." diye söze başladı Cathy.

"Büyü yapamam," dedi Richard gözlerini devirerek.

"-İnkar etse bile," diye araya girdi. "Neyse ki, benim sözüme ya da onun sözüne güvenmene gerek yok! Bazı kanıtlara bakıp kendin karar verebilirsin." Telefonunu çırptı.

"O videoyu kaydettiğini ve onu gittiğin her yere yanında taşıdığını söyleme bana." Richard inledi.

" Elbette biliyorum! Biz denizaltılar için ne kadar sıcak olduğu hakkında bir fikrin var mı?" Telefonunu bana uzattı, "Kulaklığın var mı? Al, benimkini kullan. Yine de cidden Richard, güç alışverişinin ne kadar yoğun olabileceğine dair bir fikir vermek isteyip istemediğini görmesi onun için iyi bir şey."

İçini çekti ama başını salladı, "Tamam, ama bunun en uç nokta olduğunu unutmayın. Bu bir uyarı görevi görmeli."

Ne kadar ciddi olduklarına karar vermeye çalışarak aralarına baktım. "Bu çok fazla birikim. Herhangi bir şeyin buna dayanabileceğinden şüpheleniyorsam kusura bakmayın." Richard, sanki yıllarca benimle porno değiş tokuşu yaptığını ve beklentilerimi neyin karşılayacağını çok iyi bildiğini hatırlatır gibi, bilerek gülümsedi.

Kulaklıklar takılı, oynat düğmesine basıyorum.

Hemen, grafik seks tarafından saldırıya uğradım. Kamera, gözleri kapalı, kolları iki yanında ve bacakları açık bir şekilde yükseltilmiş bir masanın üzerinde sırtüstü yatan güzel bir kadına odaklandı. Spesifik olarak, çok açık bir şekilde çok sıcak olan amına odaklandı. Ağlarından kıçına kadar ıslak derecikler çizildi ve pelvik kasları kasıldı. Başının yanında çömelmiş, kulaklarına fısıldıyormuş gibi görünen gölgeli bir figür. Ara sıra onu okşardı. Yüzü, boynu, saçları, dokunuşları nazikti ve sıcaklık, şefkat ve sevgi taşıyor gibiydi.

Rahatsızca kıpırdandım. Açıkça masada Chloe ve onun üzerinde Richard vardı. "Kıskanma, o artık senin, yakında o parmaklar seni okşayacak."

Asla köprücük kemiklerinin altına inmedi ama vücudu, klitorisine bir vibratör bastırılmış gibi tepki verdi. Karnı kasıldı, göğüsleri kalktı ve tüm kasları titredi. Sarsıldı ama asla kıpırdamadı, sanki görünmez iplerle bağlanmış bir pandomimciymiş gibi hareket ediyordu. Kolları dümdüz aşağı bastırılırken, kalçaları aynı anda daha fazla açılmak, birbirine kenetlenmek ve aynı anda tamamen hareketsiz kalmak için kendileriyle savaşıyordu. Dakika dakika, mücadeleleri daha belirgin hale geldi. Dudakları kanla doldu ve klitorisi aralarında açıkça görünür hale geldi. Yarak aç fahişe rolünü oynayan bir porno yıldızı gibi özgürce inledi . Richard, Beyaz Atlı Prens'in Pamuk Prenses'in üzerine eğilmiş ama sonsuz derecede daha fazla X dereceli olması gibi onun yanında olmak için hareket etti. Hala ona fısıldayarak, ağzına yaklaştı. Chloe'nin kalçaları havaya kalktı ve Richard hedefine yaklaştıkça daha da çılgına döndü.

Sonra Richard onu öptü ve Chloe'nin amcığı orgazmla patladı. Klitorisi patlayacakmış gibi görünüyordu ve içine tutunması için içine bir sik gömülmüş olsaydı vajinası daha fazla kasılamazdı. Çenemin düştüğünü hissettim. Erojen bölgelerine havadan başka bir şey değmemişti. Kendi vücudum, Chloe'nin boşalmaya devam ederken orgazmının ham öfkesine tepki verdi . Richard'ın dudakları hâlâ onunkilere yapışıktı, dili açık bir şekilde ağzının içindeydi ve orgazmı bir buçuk dakikadan fazla sürdü.

Ekran karardı.

"Bunu nasıl yaptın?" Richard'dan talep ettim. O ve Cathy güldüler.

Cathy, "Gözlerinin büyüdüğünü görmeliydin," diye alay etti, "Dediğim gibi, o kahrolası bir büyücü."

Richard omuz silkti ama bariz bir şekilde kendinden memnun görünüyordu. "Basit. Ona boşalmasını söyledim ve o itaat etti."

"Bu nasıl bir uyarı olabilir?" Diye sordum. "Dünyadaki hiçbir kadın bunu göremez ve tatmak istemez. Bunu bana da yap lütfen." Ekranı işaret ettim, "Onun yediğini alacağım."

"Tamam, şaka bir yana, böyle bir hipnozu mümkün kılan pek çok koşullanma var." Cathy, Richard 'hipnoz' derken arkasından 'Büyücü' dedi. "Bu zihin kontrolü değil, beni gerçekten zihnine sokmak istemesi ve bana itaat etmesi gerekiyordu. Her neyse, bir saniye geri çekil. Kendine eller serbest orgazm verebilir misin? İkiniz de mi? Tabii ki hayır, bu video senin için neden bu kadar büyüleyici. Chloe de öyle olamaz."

"Ama," telefonu işaret ettim, "az önce yaptığını gördüm."

"Evet ve hayır. Evet, fiziksel uyarılma olmadan orgazm oldu. Ama hayır, bunu kendi kendine veremezdi. Kendini sınırda düşünemezdi, bunu anlatmam için bana ihtiyacı vardı. Geldi çünkü geldi." Ona söyledim. Bu, Erika, senin uyarın." Gülümsemesi kayboldu ve sanki mesajını ağırlığıyla içime sokmaya çalışıyormuş gibi bakışları içime saplandı. "Çok gerçek bir şekilde, ona tek başına yapamayacağı bir şeyi yapmasını söyledim ama yine de bana itaat etti. Baskın bir boyun eğici üzerinde bu kadar güç kullanabilir. İşte senin üzerinde bu kadar kontrol sahibi olabilirim. . Bu seni en azından biraz endişelendirmiyorsa, öyle olmalı."

Cathy de ciddi bir şekilde başını salladı, "Doğru. Benim için de aynı. Bir süre sonra boyun eğmeye ve itaat etmeye o kadar alışırsın ki itaatsizlik içgüdüsel olarak yanlış hissettirir. Fikri bile olsa. Ben de aşırı hassasımdır. metresinden her şeye.Bence bu tüm itaatkarlar için geçerli.Dom'un sana kızarsa ya da kahretsin, biraz hayal kırıklığına uğrarsa, seni mahveder.Yiyemez, uyuyamaz, hiçbir şey düşünemez. Bu duygudan kaçınmak için çok şey yapacaksın."

Bu benim kafama girdi. Zaten Richard'a karşı oldukça hassastım . Kahretsin, onun tarafından reddedilmiş hissetme korkumu bastırmaya çalışmak için kendimi kenarda tutmak için bir hafta harcamıştım. Bu korkuyu daha şiddetli hisseder miydim? Ondan gelen her türlü olumsuzluğu içerecek şekilde genişler mi? Beni endişelendirdi. Asla duygusal olarak muhtaç olmayı istemedim, ama zaten oraya doğru yol almıyor muydum?

Ama bu bize bir çift olarak yeterince kredi vermedi, değil mi? Richard benimle ilgileniyordu. Beni her zaman en iyi arkadaşı olarak önemsemişti ve şimdi sevgilim olarak daha çok umursayacağını biliyordum. Bunu en derinlerimde hissedebiliyordum. Rahat olmamı ve güvende hissetmemi gerçekten önemsiyordu.

"Sana güveniyorum." Bunu gerçekten kastettiğime dair onu rahatlatmak için kelimelere mümkün olduğu kadar fazla duygu katmaya çalıştım. Duygularımı aktarma konusunda her zaman berbattım ama geri dönen gülümsemesi anladığını anlamamı sağladı. Mümkün olduğu kadar fazla duygu aktarmaya çalışarak gözleriyle karşılaştım ama siyah gözbebeklerini çevreleyen güzel mavi, deniz mavisi ve sarı desenler arasında kaybolduğumu hissettim. Öte yandan o, dışımdan derinlerime bakıyor gibiydi. Beni görmesi için ona kendimi göstermek istedim. "Sana güveniyorum , seni istiyorum." Düşüncelerimi gözlerimizden kafasına aktarmaya çalıştım. 'Sana güveniyorum. Seni istiyorum. hepinizi istiyorum Seni mutlu etmek istiyorum. Ben öpmek istiyorum-'

Düşünce, aramızda birdenbire boşluk kalmadığında daha yeni başlamıştı. Kollarını bana doladı, yüzü benimkinden birkaç santim ötedeydi, aynı boyda olmasına rağmen üzerimde yükseliyor gibiydi. Sıcaklığını ve yakınlığını içime çektim ve gözlerimin kendiliğinden kapandığını hissettim. "Aman tanrım aman tanrım aman tanrım." Kulağa romantik bir şekilde sevimsiz gelse de, dudakları benimkilere dokunduğunda bacaklarım gerçekten de neredeyse pes edecekti. Tüm vücudum bir anda iç çekiyor gibiydi ve dili ağzıma girmeden önce dudaklarının ne kadar sıcak hissettiğini anlayacak kadar zamanım olmadı. Dondurma beni serinlettiği için mi kendini çok sıcak hissediyordu? Neden onda işe yaramamıştı? Böyle bir zamanda neden dondurmayı düşünüyordum ki? Aklımı başımdan alıp kendimi ona bastırdım. Dilim onunkiyle boğuştu ve ağzımın etrafında dans ettik. Ne kadar denersem deneyeyim, ağzına herhangi bir zemin kazandıracak gibi görünmüyordum. Dillerimizi birbirine dolamakla o benimkini iğnelemek arasında gidip geliyorduk. Yıllardır ondan hissetmeye ihtiyacım olan bir şekilde istendiğini, istendiğini hissettirmek için beni kendine yakın tuttu.

Kusursuzdu. Geriye dönüp baktığımda, öpücüğün gerçekten o kadar iyi olmasından mı yoksa sembolik ilkimiz olduğu için mi böyle hissettirdiğini söyleyemem . O sırada, saf bir sevinç hissettim. Belki de aslında 'saf' neşe değil. Biraz şehvetle seyreltildi. Tamam, belki çok fazla şehvet. Sonunda ayrıldığımızda nefes nefeseydim, bazı yerlerde ıslanmıştım ve diğerlerinde sertçe sallanıyordum .

"Aklımı okudun," diye fısıldadım ona, "Sen gerçekten bir büyücüsün."

"Büyü yok, basit bir muggle biyolojisi. Gözbebeklerin çok büyümüş. Uyandın demektir."

"Vay canına, ikinizin de buna ihtiyacı varmış gibi görünüyorsunuz." Cathy'yi unutmuştum!

"Üzgünüm! Seni üçüncü bir tekerleğe dönüştürmek istemedik."

"Harika, pek çok sevişme seansında ürperdim. Heterolar söz konusu olduğunda, bu oldukça ateşliydi . Size 10 üzerinden 8 veriyorum. Ham susuzluk için puan, ancak daha fazla el yordamıyla ve daha az kıyafetle geliştirilebilir. "

'Daha az kıyafet! Şimdi bir fikir var.' Utanmadan Richard'ın göğsünü gömleğinin düğmeleri boyunca tırmaladığımı fark ettim. Cathy sırıtarak fark etti, " Bununla birlikte, sanırım şimdi eve gideceğim . Seni internette bulacağım Erika. İkinizi de yakında göreceğime eminim!" Göründüğü gibi aniden ortadan kaybolmuş olabilirdi. Bilmiyorum, Richard'a aptal gibi sırıtmakla meşguldüm.

"Eve gidelim," dedim. Başını salladığını görmek saf bir zafer gibi geldi.

BÖLÜM 4

Küçük dairem tamamen farklı hissettirdi. Ben tipik olarak misafirler için ayrılan sert katlanır sandalyede otururken, Richard benim rahat masa sandalyeme oturdu. Aynen böyle olmuştu. Sanki burası onun eviydi ve ben burada yaşıyordum. Yere mahcup bir bakış attım. İş kıyafetlerim hâlâ daha önce fırlattığım yerde bir yığın halinde duruyordu, yatağım arka duvara dağılmıştı, tabaklar hâlâ lavabonun içindeydi ve masam tamamen darmadağındı. Richard, sabit sürücünün hala dizüstü bilgisayarıma takılı olduğunu fark etti ve alaycı bir şekilde son zamanlarda ondan herhangi bir fayda sağlayıp sağlamadığımı sordu. Kanımın yükseldiğini hissettim. Bana yaptığı en cinsel dürtü olabilirdi.

Hoşuma gitti ve tüm birikimden sonra beklemekten yoruldum. Ben de ona yemekten önce ne yaptığımı anlattım. Bir hafta boyunca her gün aynı şeyi nasıl yaptığımı, bu geceye kadar nasıl çalıştığımı anlattım . Onun için her zaman olmak istediğim erotik flörtü açtım, ona ve onun bana yapacağı her şeyi hayal ederken kendi içimde bükülen parmaklarımı tarif ederek olabildiğince kışkırtıcı davrandım . Boğazımdan aşağı sertleşene kadar onu taşaklarına kadar nasıl emerdim. Saatlerdir nasıl o kadar ıslanmıştım ki hiçbir ön sevişme olmadan anında üzerime kayıyordu. Bana sert ve hızlı bir şekilde, yatağı sallayacak kadar sert bir şekilde vurmasını ne kadar isterdim.

Sanki öğle yemeğini nerede yiyeceğimizi konuşuyormuşuz gibi, her zamanki gibi kibar ve dikkatli bir şekilde dinledi. "Ve kendini ifade etmede kötü olduğunu söylüyorsun," dedi ironik bir şekilde. Duruşu, gelişigüzel rahat bir duruştan daha odaklanmış ve yoğun bir duruşa geçti. "İstediğin bu mu, ha? Senin çok güzel ifade ettiğin gibi, 'aletimi yutmak ve paramparça olmak' mı?" Yutkundum ve başımı salladım, sözlerim onun ağzından çok daha müstehcen geliyordu. "Pekala, buna yakında geleceğiz . Ama önce iki yasa hakkında konuşmamız gerekiyor."

"Sadece iki kural mı?"

"Hayır, takip etmen gereken tonlarca kuralın olacak. Bunlar farklı, onlara kanun denmesinin bir nedeni var. İşin özüne inersen, kurallar oyunun bir parçası. Kurallara uymazsan, seksi bir ceza alırsın ve oyun devam eder.Öte yandan yasalara her zaman ikimiz de uymak zorundayız.

"Birinci yasa güvenli kelimeler içindir. Kırmızı ve Sarı. Herhangi bir zamanda 'Kırmızı' deyin ve her şey durur. 'Sarı' deyin ve yavaşlayalım. Güvenli kelimeler ikimizi de güvende tutmak ve ikimizin de rahat hissetmesine yardımcı olmak için vardır. Bunları herhangi bir zamanda, herhangi bir nedenle kullanabilirsiniz. Nasıl hissettiğiniz ve daha iyi hissetmenize nasıl yardımcı olabileceğimiz hakkında konuşacağız. Güvenli bir kelime kullanmakta hiçbir zaman ayıp yoktur." Odaklanması, sözlerine bir kenar ekledi, "Güven eksikliği veya boyun eğme isteği veya buna benzer bir şey göstermiyor. Bunları kullanmaya karşı asla baskı hissetmemelisin. Biri sana farklı bir şey söylemeye kalkarsa, onlara siktir et deyin. kendileri.

Sana asla yalan söylemeyeceğim ve senin de bana karşı her zaman dürüst olmanı bekliyorum. Örneğin, sana şaplak atıyorsam ve seni kontrol ediyorsam, senden dürüst olmanı bekliyorum. ciddi bir acı çekiyorsun ve daha fazla dayanamazsın, bunu bana söylemeni bekliyorum çünkü duymak istediğimin bu olduğunu düşünüyorsun yalan söyleme. tamam ve kızgın değilim, buna inanmalısın ve ikinci bir tahminde bulunmamalısın.

"Temel olarak, iki yasa açık ve dürüst iletişimle ilgilidir. Tüm çiftler için önemlidir, ancak özellikle BDSM için kritiktir. Güç alışverişi, bunun gibi temel şeylerle uğraşmak zorunda kalmadan yeterince karmaşıktır."

"Kırmızı ve sarı. Hatırlaması kolay. Anlıyorum. Ama bu, bağlanmaktan ya da şaplak yemekten şikayet edebileceğim anlamına gelmez mi?" Bu, gülümsemesini ciddiden kurt gibi çevirdi.

yarı yolda nasıl yapacağını bilmiyorsun . Seni benim için bu kadar çekici yapan şeyin bir parçası da bu. Yüzde 100'den az vermen konusunda endişelenmiyorum. Kendini yüzde 130 zorlamaya çalışıp yaralanmandan endişeleniyorum."

"Yeterince adil," başımı salladım.

Yavaşça doğruldu, bir şekilde olması gerekenden daha fazla boy atmış gibi görünüyordu. Çok lezzetli bir ava yukarıdan bakan bir yırtıcı gibiydi . Kendimi aynı anda daha küçük ama arzulanan hissettirdi. "Hayatın boyunca kendine hakim oldun. Zamanını nasıl geçiriyorsun, nasıl hareket ediyorsun, kimin peşinden gidiyorsun, nasıl seks yapıyorsun... Bu yeni dünyada bakirsin Erika. Çok azgın ve istekli bakire." Sanki sulu kokulu bir biftekmişim gibi vahşi sırıtışı genişledi, "Yani şimdi... kontrolü biraz bırakmaya hazır mısın?"

Hiç bu kadar hazır olmamıştım!

Olumsuz bir şekilde, beni yere itip becermedi. Bunun yerine sırtım duvara dönük durmamı söyledi. Bu ve daha fazlası değil. O oturdu, ben kıpırdanarak dururken gözleri üzerimde gezindi. Müzede bir ustanın tablosunu takdir etmek için zaman harcayan birine benziyordu. Özellikle herhangi bir parçama odaklanmıyor, aynı anda her şeyimi alıyor gibiydi. Bakışlarını tenimde oynayan çok hafif bir fiziksel his gibi hissedebildiğimi hayal ettim . Hâlâ tamamen giyinmiş olmama rağmen beni çok açıkta hissettirdi.

"Seni neden çekici bulduğumu biliyor musun?" O sordu. Aniden ve sorunun kendisine şaşırdım. Birkaç saat öncesine kadar benimle hiç ilgilenmediğinden emindim.

"Hayır—um -" Ona biraz saygı ifadesi vermem gerektiğini fark ettim ama ne kullanacağımı bilemedim, bu yüzden varsayılan olarak "—Usta." Bu ondan bir kıkırdama kazandı.

"'Efendim'i tercih ederim ama kafanızın olduğu yeri seviyorum."

"Ah. Nedenini sorabilir miyim?"

"Her zaman 'neden' diye sorabilirsiniz. Hatta genellikle cevap veririm. Usta bir seviye ima eder... eh, sahip olduğumu hissetmediğim bir ustalık. Aslında bu 'Büyücü' lakabını sevmememin bir parçası da bu. her ikisi de bana ait olmayan bir yanılmazlık duygusu taşıyor gibi görünüyor."

"Ah. Tamam, efendim. Hayır, bilmiyorum."

"Güçlüsün, azimlisin, çok zekisin," ayağa kalktı ve bana doğru geldi, "ve tamamen sana ait bir benlik duygusuna sahipsin. Seni mutlu eden şeyi, sırf seni mutlu ettiği için arar ve yaparsın; diğerleri lanet olsun. Sendeki o cesarete hayranım." Övgüsüne yüzüm kızardı ve gururla doldum. Ondan bu şekilde tanınmak harika bir duyguydu!

Yine de merak ettim, "ama bunlar pek itaatkar özellikler değil mi, efendim?"

"Aksine, bunlar bir boyun eğicinin sahip olabileceği en çekici özelliklerdir. Zayıf birine herkes hükmedebilir. Eğlenceli olabilir ama bunda özel bir şey yok. Zayıf birinin baskın olana teslim olma gücü çok azdır." Yanağımı hafifçe okşadı, parmak uçları başımın her yerine ürpertiler yolladı, "Ama güçlü biri gücünü baskın birine vermeyi seçtiğinde... peki şimdi, bu tamamen farklı bir şey." Eli başımın arkasına kıvrılarak saçlarımı sıkıca kavradı ama rahatsız edici değildi. Hareket edemediğimi, istesem arkamı dönemediğimi fark ettim. İstemedim, daha fazlasını hissetmek isteyerek tekrar eline yaslandım.

"İçinde çok fazla güç var Erika," diye fısıldadı, yüzü benimkinden bir inçten biraz daha uzaktaydı. "Bunu hissetmek benim için çok sarhoş edici." İyi bir şarap koklayan bir uzman gibi derin bir nefes aldı. Dudakları görüşümü tüketti, benimkine çok yakındı. Onları tekrar hissetmek istedim ama başımın hemen arkasındaki saçı tutuşu beni sıkıca yerinde tuttu. Öne doğru eğilmeye çalıştım, arzum kısa bir süre beni tutmasına karşı savaştı, sonra pes edip tekrar eline yaslandım. Hayatımda daha önce hiç bu kadar kontrollü hissetmemiştim. Gözleri içimi yaktı ve nefesim kısa kesik kesik kesik çıktı. Gözbebeklerimin tekrar büyüyüp büyümediğini merak ettim.

Sonra Richard beni bıraktı ve geri çekildi. "Üstünü ve sutyenini çıkar" dedi. Rastgele, saatin kaç olduğunu sormuş gibi.

Bununla ilgili bir şey yine kızarmama neden oldu. Bunu istemiştim. Daha fazlasını hissetmek ve daha uzağa gitmek istedim. Ama nedense ilk adımı atıp ona göğüslerimi göstermek beni çok geriyordu. Vücudumla ilgili belirsizlik sancıları zihnimin köşelerine sızdı. Ya ona fazla erkek fatma gibi göründüysem? Ellerim, emrine otomatik olarak itaat etmek için harekete geçmedi. Bu çok kolay olurdu. Bunun yerine, ikinci aşamaya geçmeye çalışan bakir bir liseli gibi tokayla arkamdan el yordamıyla ilerlediler. Sonunda çözüldü ve sutyeni bir kenara fırlattım. İronik bir şekilde, yatağımın hemen yanına, saatler önce attığım kıyafetlerimin üzerine indi.

Göğüslerimi seviyorum. Onlara ölümüne bayılıyorum. Ellerimde hissettiklerini seviyorum, bana verdikleri hazzı seviyorum, sütyenle geçen uzun bir günün ardından kafeslerinden çıkarken hissettikleri özgürlük hissini seviyorum. Ve o anda, Richard üzerinde yarattıkları etkiyi kesinlikle SEVDİM. Gözleri onlara yapışıktı ve takdirle hafifçe başını salladı. Belki hayal etmiştim ama pantolonunda bir şişkinliğin büyüdüğüne yemin edebilirdim.

"Parmaklarınızı başınızın arkasında birleştirin ve sırtınızı hafifçe bükün." Çabucak uydum, kollarımı kaldırdım ve göğsümü dışarı doğru bastırarak göğüslerimi olabildiğince belirgin hale getirdim.

Parmak uçları bir kez daha tenimde, bu sefer karın kaslarımda gezindi. "Kendini sabit tut."

"Evet, efendim," diye söz verdim. Pürüzsüz, sert karın kaslarımın üzerinden kaydı, dokunuşuyla içime küçük zevk dalları gönderecek kadar hafifçe. O yükseldikçe içimden ürpertiler yükseldi, midemden santim santim yukarıya doğru. Istırap verecek kadar yavaş hareket ederek, çıplak tenimi istediğim noktalar dışında her yerde hissederek benimle alay etti. Göğüs uçlarım her kalp atışıyla daha sert ve daha belirgin hale geldi. Dikkat çekmek, ovuşturulmak, çimdiklenmek ve zevk almak için haykırıyorlardı. Ancak, beni dehşete düşürerek, onların üzerinden atladı ve onun yerine kollarıma ve omuzlarıma odaklandı.

"Mükemmel triseps ve omuzların var," diye iltifat etti hayranlıkla. Bu neredeyse tüm alay için yapılmış . Kızların erkeklerden iltifat almaya alışkın olduğu belirli bir grup şey var ve bu kaslar listede yok. Vücudumu olduğu gibi sevdi!

"Teşekkürler efendim! Bu, yıllarca basketbol ve spor salonunda ter demek."

Sonunda tek hareketle iki göğsümü de avuçladı. Ben nefes alırken güçlü, sağlam ellerine doğru genişlediler ve zevkle nefesimi kestiler.

"Bunlar çok mu hassas?" diye sordu tepkimi fark ederek.

"Genellikle bu kadar değil," kendimi sabit tutmakta ve ona baskı yapmamakta büyük zorluk çekiyordum. Hafifçe sıktı, belli ki beni okşamaktan benim kadar zevk alıyordu. Gözlerimi kapattım ve hisleri içtim. Richard'ın istediği gibi oynaması için kendimi ona sunarken göğsüm zevkle inip kalktı. Bu iyi hissettirdi.

Meme uçlarım patladı. Gözlerim birden açıldı ve iki büklüm oldum, garip bir inleme sesi çıkardım. Richard çok alay edilen tomurcuklarımı parmaklarının arasına almıştı ve onları pek de nazikçe yuvarlamıyordu.

"Kıpırdama," diye hatırlattı bana. Başımı salladım ama çok zordu. O sıktığında biraz acıyla tatlanan bir zevk içimde kabardı. Her his nabzı klitorime bir sarsıntı gönderdi. Onun oyuncağı gibi hissettim. Sanki bedenim onun eğlenmesi için var oldu ve bilincim onun eğlencesine katkıda bulunmak için var oldu. Zevkli iç çekişler ve ürkmüş havlamalar arasında gidip geldiğimi görmekten zevk alarak, ince ayar yaptı ve sıktı.

"Zevk mi, acı mı?" O sordu.

"İkisi de," diye soludum, "çok yoğun." Geniş bir şekilde gülümsedi ve meme uçlarının iyileşmesine izin verirken göğüslerimi yoğurarak onları serbest bıraktı. Bir şey olursa, bu öncekinden daha da yoğundu. Güçlü karıncalanma hisleri, tüm odağımı iki hassas noktaya yoğunlaştırdı ve kan bu noktalara geri aktı.

"Yüzün harika bir ifadeye sahip. Çok samimi. Şimdi kıyafetlerinin geri kalanını çıkar."

Bu sefer tereddüt etmeden itaat ettim. Kot pantolonum ve külotum, ne dediğini tam olarak anlamadan önce hem kalçalarıma hem de bacaklarıma indi. O kadar ıslaktım ki, gerçek bir zevk için o kadar hazırdım ki, amımı oynamak için dışarı çıkarmak için sabırsızlanıyordum. Baldırlarımın çevresinde hafif bir barikata çarptım. Cidden, kadın kot pantolonlarını kim tasarladıysa, özellikle atletik bacaklardan hızlı bir şekilde kurtulmayı düşünmüyordu. Sonunda tamamen çıplak bir şekilde Richard'ın önünde durdum.

Benimle daha çok dalga geçmesini bekliyordum ama onun yerine hemen çalılığımı okşadı.

"Bir sonraki görüşmemizden önce bunu tıraş et."

Tamam, belki de bu daha çok dalga geçiyordu. Amcığıma neredeyse hiç baskı veya temas sağlamadı, sadece hafifçe okşadı ve saçımı çekti. Çok dikkat dağıtıcıydı. "Amcıkta biraz kıl sevdiğini sanıyordum," dedim.

"Anlıyorum ve bu çok güzel. Ancak, vücudunu ve nasıl tepki verdiğini öğreneceğim, bu yüzden cinsiyetini net bir şekilde görebilmen çok faydalı olacak. Ayrıca, çalılarına çok değer veriyorsun, bu yüzden tıraş et. benim için teslimiyetinizin günlük bir hatırlatıcısı olacak."

"Evet efendim" diye yutkundum. Ne kadar ıslandığımı hissetmiş olmalı. Hadi, becer beni!' Kalçamı fark edilmeyecek bir şekilde birazcık öne doğru bastırmaya çalıştım ama ben herhangi bir temas bulamadan elini düzeltti.

Richard tekrar oturdu ve beni ileri çağırdı. "Diz çökmek." Bir halı serdiğim için çok minnettardım. Yanıtlarım, benim açımdan daha az düşünceyle daha hızlı geliyordu. Kontrolüne alışmak iyi hissettirmişti. Gerçekten çok fazla düşünmeme gerek yoktu, sadece hisset ve tadını çıkar. "Dizleri biraz daha geniş açın, kollarınızı arkanızda kavuşturun. Kollarınızı mümkün olduğunca yukarı kaldırın." Beni istediği pozisyona yönlendirdi, göğüsleri dışarı fırladı ve bacakları genişçe açtı ve buna 'Açık Poz' dendiğini söyledi.

Açık doğru. Vay canına, bu çok yoğun. Richard üzerimde bir heykel gibi dikildi. Sadece kemerinden üçüncü düğmeye kadar yapabildim . Richard , hâlâ pırıl pırıl, temiz takımının içinde tamamen çıplaklığıma tepeden bakıyordu. Boy farkı benim için belirgin bir şekilde yeni ve tuhaf geldi. Hep benzer boylardaydık , onu kendi seviyemde görmeye alışmıştım. Şimdi, Olimpos'un tepesinde oturan Zeus da olabilirdi. Bunun da ötesinde, pozun kendisi düşündüğümden daha fazla yorucuydu. Dizlerim halıya sert bir şekilde saplandı ve omuzlarım ne kadar esnemeleri istendiğinden memnun değildi.

Hissettiğim her şeye anlam vermeye çalıştım ama pes ettim. Açıkta veya savunmasız hissettiğimi söylemek, bunu örtmedi. Bana yapmamı söylediği için en iyi arkadaşımın ayaklarının dibine çökmüştüm. Ama bundan daha fazlası, burada olmak istediğim için buradaydım. Ona itaat etmek istiyordum ve bunu böylesine açık bir şekilde ifade etmek kendimi çıplak hissetmeme neden oluyordu.

Ama hayır. 'Savunmasız' bir tür algılanan tehdidi ima eder, değil mi? Bu doğru değildi. Kendimi tamamen güvende hissettim, sıkıca kontrol altında tuttum. Bu kadar tasasız hissetmek neredeyse özgürleştiriciydi. Sadece çok... açık hissettim. Sanki bedenimle birlikte içimdeki ben de sergileniyordu.

"Güzelsin," dedi , bana minnetle baktı. Aniden diz çökmenin beni pantolonunun çıkıntısına çok daha fazla yaklaştırdığını fark ettim. Kemer tokasının hemen altındaki çok belirgin bir şekilde horoz şeklindeki çıkıntı. Açlıktan dudaklarımı yaladım. Çenemin altındaki iki parmak dikkatimi tekrar yüzüne çevirdi. "Kendini memnun et."

"Ne?"

"Beni duydun."

Kollarım arkamdan seğirdi. "Mesela... Mastürbasyon yapmak mı? Efendim?"

"Aslında."

Evet, daha önce çıplak hissetmekle ilgili söylediğim her şey? Bunların hepsini unutun, bu açıklamaları bunun için saklamalıydım. Parmaklarım, buz pateni pistindeki bir patenciden daha kolay dudaklarımın arasından kaydı. Klitorisimin üzerinden geçen o ilk uzun, sert kayma, sistemimi şok etmiş gibiydi, beni alay konusu olmaktan çıkarıp düzüşmeye hazır hale getirdi! Oracıkta boşalacağımı düşündüm.

Yanağımı okşamak için çenemden uzaklaştı ve birkaç tutam saçla nazikçe oynadı.

"Orgazm olmadan önce benim iznime ihtiyacın var, evcil hayvanım." Zevkle inledim, schlicking'imin ıslak sesleri odayı dolduruyordu . "Artık benimsin. Cinselliğinle oynamak benim. Ne zaman boşalacağına ben karar veririm... eğer boşalırsan." Kendi orgazmlarım üzerinde kontrol sahibi olmadığımın söylenmesi tamamen haksızlık, beni bu kadar tahrik ediyor ve ŞİMDİ boşalma isteği uyandırıyor! İçimde kaynadığını hissettim, baskı, salıverme ihtiyacını artırıyordu. Her şey çok fazlaydı, bunaltıcıydı, amım genişçe diz çöküyordu, onun kaprisi için kendimi beceriyordum.

Dikkatlice izledi, parmaklarıma çok dikkat etti, klitorisimi nasıl tercih ettiğimi ve boşalmaya yakın hissettiğimde penetrasyona geçtiğimi fark etti. Olanlara alışmaya başladığımda, bir seviye daha ekledi.

"Gözlerime bakmaya devam et, aşağı bakma." Neden aşağı bakayım? Bana baktığında ifadesi çok güzeldi. Orada yazan duyguları beni çok özel hissettirdi. Yine de şakacı, bilgiç gülümsemesi geri dönmüştü. Her zaman benim bilmediğim bir şeyi bildiği anlamına gelen o lanet gülümseme.

Bir fermuar sesi duydum. Aman Tanrım, öyle mi? O az önce mi?' Bakmadan, içgüdüsel olarak penisinin serbest olduğunu ve benden birkaç santim uzakta olduğunu biliyordum. Aşağıya bir bakış ve sonunda onu görecektim. Richard'ın aleti... kaç gece onun tarafından becerilmeyi düşleyerek uyuyakalmıştım? Onu çıplak hayal ederek kaç derste hayal kurmuştum? İşte şimdi oradaydı! Ama ona bakamazdım. İtaat etmek o kadar zordu ki, istemsizce başımı eğmeye devam ettim ve yeniden zorlama ihtiyacı duydum.

Tabii ki, kendini okşadığını fark ettiğimde daha da kötüleşti. Bacaklarımın arasındaki sıcaklık aşırı hızlandı ve parmaklarımı sıktım.

"Lütfen," diye sızlandım, "çok zor, lütfen bakabilir miyim?"

"Mücadele etmeni zevkle izliyorum. Kendi isteklerine karşı itaati seçtiğini görmek çok sıcak. İyi gidiyorsun." Sesi gururlu geliyordu. Benimle gurur! Onun için güçlü olmak istiyordum ama hormonlarım bana karşıydı. Onu çok uzun zamandır çok istiyordum, katlanmak işkenceydi. Sadece birkaç santim ötede ve sert pürüzsüzlüğünü hissedecektim... Daha önceki hissi, mücadele etmek ve karar vermek zorunda kalmadan hissettiğim özgürlüğü özledim.

Bu yüzden aleti yerine diğer elini el yordamıyla tuttum ve kafama götürdüm. Hiçbir şey söylemeden anladı, bir kez daha başımın hemen arkasındaki saçımı kavradı ve beni sıkıca yerinde tuttu. Bir anda üzerimden bir yükün kalktığını hissettim. Artık kendimi denetlemeye ya da itaat edebilmek konusunda endişelenmeye ihtiyacım yoktu . Burnumu usulca koluna soktum, yanağıma değen sıcak teninin ve tutuşunun otoriter gücünün tadını çıkardım.

Ona bağlı hissettim. Aramızda, üzerimdeki fiziksel etkisinden daha güçlü bir bağ oluşmuş gibiydi. Gücümü ve sorunlarımı ona vermesi ve benim için güçlü olması bizi birbirimize yaklaştırmıştı. Çok samimi ve çok, çok cinsel hissettirdi. Devrilmemek için klitorisimden daha fazla zaman harcıyordum. boşalmak istiyorum Vücudumdaki her hücre boşalmak istedi! Ama aynı zamanda klitorisimden, cumming'den sürekli geri çekilmelerimin Richard'ı ne kadar tahrik ettiğini de hissedebiliyordum. Ona itaat ederdim! Zordu, ama hızlanan nefesinden ve yüz zevkinin gobleninden tatmin alarak kenarda durmaya devam ettim.

Birbirimize yakından bakarak ne kadar kaldığımızdan emin değilim. Zaman, başka hiçbir şeyin önemli olmadığı bir balonun içinde birlikte yaşıyormuşuz gibi biraz şekilsiz görünüyordu. Bir kalp atışından diğerine, zonklayan ve aşırı duyarlı klitorisimin üzerinde bir daire ve kolunda yumuşak bir inilti, bir döngü halinde ileri doğru daireler çiziyor.

"Nasıl hissediyorsun?" sonunda check-in yaptı.

"Biraz bunaldım efendim. Ama iyi anlamda!"

"Güzel. Ön sevişmeyi geçme zamanı." Başımı aşağı doğru yönlendirdiğini hissettiğimde nefesim kesildi, "Şimdi istediğin gibi görünebilirsin. Çok yakın değilsen, tabii." Doğrudan kucağına iniyordum!

Ağzımı aletine doğru mu yönlendiriyordu yoksa kafamı kasıklarına top mermisi atmamı mı engelliyordu, söylemek zor. Dudaklarımın arasına girmeden önce görüş alanımdan zar zor geçti. İçimden geçen erkekliğinin her santimi, sanki tüm zamanların en harika oyuncağını keşfetmişim gibi içimi sersemletiyordu. Mümkün olduğu kadar çok hissetmeye, onun her bir parçasını dilimle keşfetmeye kararlıydım. Tadı, kokusu ve nabzı atan heyecanıyla birleşince, hepsi aynı anda üzerime çöktü. Muskiness, kaya gibi sert arzuyu örten yumuşak bir cilt ve bir miktar tuzlu tatma precum. Yavaşça, dilimi alt tarafında bir yandan diğer yana kaydırarak rahatladım. "Burada, tam başımın altında olmalı..." Ben tatlı noktaya vurduğumda sert ve uzun bir şekilde inledi.

Baskın öz kontrolünün hemen ötesinde, o seksi erkek sesini ondan çıkarabildiğim için son derece tatmin olmuştum ama kendimi tebrik edecek çok az zamanım vardı. Saçımdaki sıkı tutuşu beni tekrar aşağı bastırdı, yavaşça daha derine ve daha derine.

"Çok fazla olduğunda bana söyle."

Oral seks yapmayı seviyorum. Oral seksle ilgili her şeyi seviyorum ama derin gırtlak hiç bir zaman güçlü yanım olmadı. Başı boğazımın arkasına çarptığında ve kılavuz eli ileriye doğru bastırmayı bıraktığında, dudaklarımın yanında hâlâ beş santimlik bir penis kalmıştı. Daha fazlasını istedim, daha fazlasını almaya çalıştım ama lanet olası boğazımda hiçbir şey yoktu. Sert bir şekilde ağzım tıkandı ve geri çekilmek zorunda kaldım.

Bana hayal kırıklığına uğramam için zaman tanımadı. "Bu harika hissettirdi," bana neşeyle baktı, "Bu sefer menimin tadına bakacaksın."

Beni sabit bir ritme yönlendirdi. Yukarı ve aşağı, eli kafamda, beni tekrar yere indirmeden önce tatlı noktasını yalamama izin vermek için her yukarı vuruşta duraklıyor. Gerçekten rehberlik gibi geldi ve zorlama değil. Sanki mantıklıysa, onun benden oral seks alması yerine ona oral seks yapan benmişim gibi. Bana sadece onu en çok nasıl sevdiğini gösteriyordu. Yine de, bu deneyim beni son derece itaatkar hissettirdi. Önünde kralımmış gibi diz çöküp ona taparken bunun zaten zonklayan amımı ne kadar ıslattığını görmezden geliyordum.

cennetteydim Aletini titretmek için alçak sesle mırıldandım ve ondan tatmin edici bir zevk iniltisi daha aldım. Onu sert ve özensiz emdim, zevki arttıkça dilimi sürekli etrafta çalıştırdım. Onu emerken, sürekli tuzluluk akıntıları, çeneyi daha hızlı dolduran zonklamalara eşlik etti. Göz temasını sürdürmek için elimden gelenin en iyisini yaptım , yukarı baktım ve odağımı içe doğru tutarken onun aletini ne kadar sevdiğimi ifademle iletişim kurmaya çalıştım. Gerçekten çok iş vardı! Başının altını hızlıca yalayın. Aşağı kaydır—dilimi tüm gövdesi üzerinde gezdir. Tabanda - derinden uğultu yapın, mührü bırakmadan gülümseyin. Tekrar yukarı kaydır - kafasına baskı uygulamak için elimden geldiğince sert em. Beni yukarı ve aşağı yönlendirirken tekrar tekrar yaklaştıkça beni yavaşça hızlandırdı. Kendimi spor salonunda bir çeşit çene makinesi olmasını dilerken buldum. Dilim yanıyordu ve havam bitiyordu.

Zevk, gitgide daha kontrolsüz bir şekilde yüzüme aktı ve sonunda beni sabit tutup güçlü bir şekilde sarsılana kadar. Sıcak cum akıntıları beni doldurdu, boğazımın arkasını ve yanaklarımın içini kaplayarak çılgınca yutmaya ve aynı zamanda onu yalamaya devam etmeye çalıştım. Sonsuz bir akıntı gibi görünüyordu, ondan fışkıran fışkırmalar hızla ayak uydurma çabalarımı eziyordu. Birazını dökmek üzereydim ki sonunda yavaşladı ve ağır bir inlemeyle geriye doğru eğilerek benden çıktı.

Ağzımda onun cum geri kalanı tadını çıkardım. Spermin tadını ve dokusunu pek sevmiyorum. Kabul edelim, kim yapar? Ama onu orada hissetmek, yüzündeki tatmin olmuş sırıtışı görmek ve onu bana verirken titreyip nabzının attığı hissini hatırlamak... bir ganimet gibi geldi. Ona harika hissettirmiştim! Vücudum onu o kadar çok tahrik etmişti ki aletinin emilmesine ihtiyaç duydu ve kafamı o kadar çok sevdi ki ağzıma spermle taştı . Beni gururla parlattı.

Aynı zamanda, zihnimin bir köşesinde küçük bir hayal kırıklığı gölgesi büyüdü, doğrudan damlayan ve kederli bir şekilde boş amcığımla bağlantılıydı. Richard harcanmışken, bu gece düzülmeyecektim . Kendime, bunun beni hayal kırıklığına uğrattığını hissetmemin aptalca ve açgözlü olduğunu söylemeye çalıştım. Kendi ihtiyaçlarımdan önce onun ihtiyaçlarını düşünmem gerekiyordu. Bunun için kaydoldum. Gerçekten de, ona pratikte yalvardığım şeydi. Biliyordum ama yine de onunla bu kadar samimi erotik bir deneyim paylaştıktan sonra hayatımda hiç bu kadar azgın hissettiğimi hatırlamıyorum. Boşalmak istedim, kahretsin! Bunun gitmesine izin vermekle uzlaşmak çok zordu.

"Bunda oldukça iyisin," Richard kendine gelmişti ve elini bana doğru uzatıyordu, "gel, dizlerin seni öldürüyor olmalı." O zamana kadar fark etmemiş olmama rağmen öyleydiler. Diğer pek çok şey dikkatimi fazlasıyla dağıtmıştı.

Doğru düzgün gerinmeden önce, kendimi Richard'ın kollarında, yerden tamamen kalkmış halde buldum. "Bugün beni çok mutlu ettin," diye fısıldadı kulağıma, "bir ödülü hak ediyorsun." Beni yatağıma kısa bir mesafede taşırken kalbim tekledi . Kollarında ağırlık yokken, dipsiz gözlerinin bu kadar yakın olması beni hipnotize etmişti. Bir düğmeyi çevirip duygularımı bu şekilde alt etmesi gerçekten adil değildi.

Beni başımı rahatça kaldırabileceğim yastıklarla yatırdı. Bir kez daha üstümde, parmaklarının arasında saçlarımla yavaşça oynadı. Hala çıplak olmasına ve o tamamen giyinik olmasına rağmen, kendimi o kadar da çıplak hissetmiyordum . Daha samimi hissettirdi? Rahat? Doğal? Bilmiyorum. Doğru düşünmekte zorlanıyordum, dünyam küçük noktalara daralıyordu. Yüzümde parmaklarının bana değdiği noktalar, kaküllerimle oynadığı his, boynumda beni öptüğü nokta, ellerimin altında göğsünü ovuşturduğum ipek ve içimde her zaman var olan ihtiyaç bu her dakika daha acil hale geldi.

Bacaklarımın arasına rahatça yerleşirken parmakları vücudumda gezindi. Çift çekim yaptım. Bacaklarımın arasında! Beni dışarıda yemek üzereymiş gibi ayarlandı!

Güldü ve nefesini bacaklarımın üst kısmında hissedebiliyordum, "Şaşırdın mı?"

"Hmm, evet, efendim." Uyluklarımı ovuşturdu, yavaşça bacaklarımı olabildiğince genişçe açtı ve doğrudan çekirdeğime zevk şimşekleri gönderdi. "Bu—*inleme*—beklediğim gibi değil."

"İnsanlar cunnilingus'un erkeksi ya da baskın olmadığını düşünüyor. Hiçbir şey gerçeklerden bu kadar uzak olamaz. Eğer bir kukla olsaydın, iplerin tam burada olurdu. Hafifçe dürterek -"

parmağını doğrudan dudaklarımın arasına bastırdı. onu yarığımdan ve doğrudan klitorisimin üzerinden çekerek. Tüm vücudum sanki şimşek çakmış gibi sıçradı ve şaşkınlık ve zevkle bir çığlık attım "—senden en sevimli tepkileri verebilirim. Vücudun üzerinde daha fazla doğrudan kontrol uygulayabileceğim çok az pozisyon var. ."

Haklıydı. Beni bir müzik aleti gibi çalarken kıvrandım ve inledim. Dudaklarımı uzun fırçalarla kasık kıllarımdan geçirerek titrememe ve kalçalarımı itmeme neden oldu. Beni titretmek ve zonklamak için amımın hemen altına hafifçe sıkarak uyluklarımı okşamak. Doğrudan klitorisime hızlı bir gagalama öpücüğü vererek beni ciyaklatıyor ve sırtımı kamburlaştırıyor. Diliyle hassas amımın her santimini kaplayarak, içimdekileri uzun, yavaş yalamalarla çalıştırdı.

Uyaranlara nasıl tepki verdiğimi haritalandıran, farklı basınç seviyeleri ve kombinasyonları ile test ve deneyler yapan bir araştırmacı gibiydi. Tahmin yürütmemi sağladı ve orgazm seviyem bir EKG makinesi gibi inişli çıkışlıydı. Klitorisimin üzerindeki herhangi bir sürekli baskı beni saniyeler içinde kenara getirdi ve alayını geri çekmesi için onu sıraya soktu. Bu beni deli ediyor! Tutarlılık noktasını çoktan geçmiş, ihtiyaçla yanıyordum. Çok iyi hissettirdi. Hız treni uyarımıyla ilgili her şey inanılmaz derecede iyi hissettirdi, bunun durmasını istemedim. Patlamak istedim. Yüzümün her yerinde amım aracılığıyla beynimi boşaltmak için. Ama bunun sonsuza kadar sürmesini de istiyordum. Zevkin bitmesini hiç istemedim.

Richard, tepkilerimi dikkatle izleyerek bacaklarımın arasından memnun görünüyordu. Bana karşı her zaman çok sıcak ve ilgiliydi... bu ilgiyi benimle dalga geçmek için kullansa da kendimi özel hissetmemi sağlıyordu. Aranan. Sevilen.

Bir anda içimin dolduğunu hissettim. En az iki parmağın sıcak sert eti amımın içine girdi ve doğrudan g noktama çarptı. Daha önce hiç penetrasyondan boşalmadım , ama gerçekten yapmak üzere olduğumu düşündüm. Farkında olmadan ciddi bir şekilde apartmanın ses yalıtımını yapıp yatak çarşaflarını söküyordum. Parmaklarını mümkün olduğu kadar içimde hissetmek isteyerek - elimden geldiğince onu kendime çekmek isteyerek, parmaklarıyla buluşmak için sertçe yukarı ittim. Beni sıkıca bastırdı, gücüyle beni kolayca alt etti.

Richard gözlerimle buluştu ve yavaşça, kasıtlı olarak ağzını indirdi. Doğrudan bacaklarımın arasından bana "Yapabildiğin kadar çok ve sert boşal" dedi. Sonra benim klitoris sertçe ağzına emildi. Beni derinden içine çekti ve sertçe yaladı, dilinin her küçük yumruğu doğrudan özüme bir zevk titreşimi gönderiyordu. Üç saniyeden fazla dayanamadım. Geldim. Zor. Sanki içimde bir bomba patladı ve her kasılmada tekrar tekrar patladı. Saf coşkunluk dalgaları içimde patladı, ayak parmaklarımdan beynime ve zihnimin derinliklerine kadar her santimimi doldurdu.

Geldim, geldim ve geldim, hala iten parmaklarına o kadar sert bastırdım ki, parmak izlerini hissedebildiğimi sandım. Klitorisim ağzının içinde o kadar sert zonkluyordu ki onu yuttuğunu sandım. Çekiç atmayı asla bırakmadı, ilkinden hemen sonra başka bir orgazm olmaya zorladı. Eridiğimi hissettim, zihnim biraz bulanıklaştı ve görüşüm kenarlarda bulanıklaştı.

Yavaş yavaş, artçı sarsıntılar ve tekrarlamalarla orman yangını kendi kendine söndü. Kendime döndüğümde her şey biraz puslu görünüyordu, neredeyse birkaç kadeh sert içki içmiş gibiydim. Richard'ın kafasını neredeyse bacaklarımın arasında ezdiğimi fark ettim. Onları kapattığımı bile fark etmemiştim! Ayrıca göğüslerimi biraz morartmış olabilirim. Yine, onları sıktığımın farkında bile değildim.

"Vay canına... bu harikaydı."

BÖLÜM 5

Kısa bir süre sonra birlikte yorganın altına girdik. O uyurken nefesinin düzenli ritmi yatıştırıcıydı, uykulu gelmeme neden oluyordu ama yine de uyumak istemiyordum.

Olan her şey hakkında sohbet etmiş, diğerinin nasıl hissettiğine dair ayrıntılar için birbirimize baskı yapmıştık. Yavaş şeridimi yönetirken Richard'ın ne kadar güçlü hissettiğini duymak özellikle ilgimi çekti. Görünüşe göre, dokunma güçlü bir kontrol biçimiydi ve ben kendimi zaptederken bana dokunma özgürlüğüne sahip olmak, Dom/denizaltı dinamiğini daha gerçek kılıyordu. Bakış açısını duymak çok ilginçti ama ondan daha da önemlisi, onunla aynı yatağı paylaşmak muhteşemdi.

Sonunda takım elbisesini çıkarmıştı! Çıplak göğsü sırtıma bastırdı ve çıplak bacakları benimkilere dolandı. Her zaman kucaklaşmalar için tam bir enayi oldum. Ten tene temas duygularıma güçlü şeyler yapıyor.

Sonunda doymuş hissederek, daha analitik olmam gerektiğini hissettim. Tüm bunları gerçekten yapmış mıydım? Role girmek çok kolay hissettirmişti, akışa ayak uydurmak çok doğaldı. Kafamın arkasından bir ses Cathy'nin itaatle ilgili sözlerini tekrarladı. Kendimi ne yaparken bulabilirim? Belki o zaman beni endişelendirmesi gerekirdi ama olmadı. Herhangi bir şey için endişelenemeyecek kadar iyi hissediyordum.

Richard'ın elini göğsümde sıkıca tutarak uyuyakaldım. 'Bana ait!'

SON